Très-humbles

REMONTRANCES

DE TIMON,

AU SUJET D'UNE COMPENSATION D'UN NOUVEAU GENRE
QUE LA LISTE CIVILE PRÉTEND ÉTABLIR
ENTRE QUATRE MILLIONS QU'ELLE
DOIT AU TRÉSOR ET QUATRE
MILLIONS QUE LE TRÉ-
SOR NE LUI DOIT
PAS.

Rendez-moi mes lapins,
Rendez-moi mes lapins!

PRIX : 50 CENT.

PARIS,
PAGNERRE, EDITEUR,
RUE DE SEINE, 14 BIS.

1838

[illegible] . De [illegible] .

TRÈS-HUMBLES REMONTRANCES

DE TIMON.

IMPRIMERIE DE MADAME PORTHMANN,
rue du Hasard-Richelieu, 8.

Très-humbles

REMONTRANCES

DE TIMON,

AU SUJET D'UNE COMPENSATION D'UN NOUVEAU GENRE QUE LA LISTE CIVILE PRÉTEND ÉTABLIR ENTRE QUATRE MILLIONS QU'ELLE DOIT AU TRÉSOR ET QUATRE MILLONS QUE LE TRÉSOR NE LUI DOIT PAS.

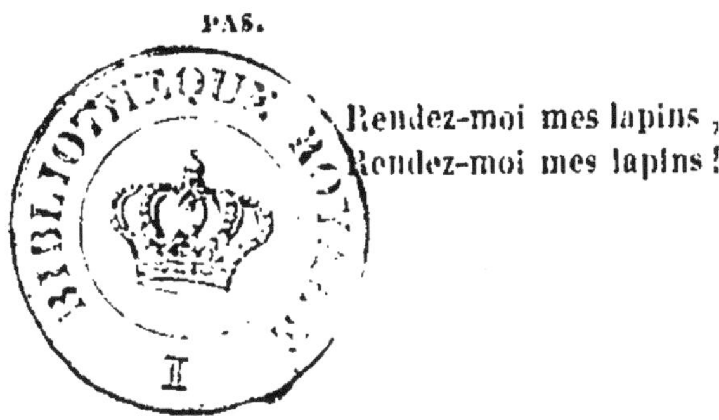

Rendez-moi mes lapins,
Rendez-moi mes lapins!

PARIS,

PAGNERRE, ÉDITEUR,
RUE DE SEINE, 14 BIS.

—

1838

Très-humbles

REMONTRANCES

DE TIMON.

Rendez-moi mes lapins,
Rendez-moi mes lapins !

MA DAME,

Car il faut bien que je vous nomme de ce nom, vous qui possédez tant de terres et de forêts, de palais et de seigneuries ; vous, très-haute, très-puissante et très-richissime princesse ; Dame de Fontainebleau, des Tuileries, du Louvre, de Compiègne, de Saint-Germain, de Saint-Cloud, de Pau, de Meudon, de l'Elysée et autres lieux ; Dame dont je suis fier d'être le chevalier servant et dont je porte les couleurs ; belle Dame ; Dame de mes pensées !

Soyez grande, soyez heureuse entre toutes les femmes ! car votre diadème étincelle de pierreries. Les camées antiques, les médailles d'or des empereurs romains et les rivières de diamants serpentent autour de votre sein, et les chlamydes grecques descendent à longs plis sur vos blanches épaules. Vous prenez le frais, ma Dame, avec les Naïades et les Hamadryades, dans les jardins enchantés de Versailles et de Trianon. Les Faunes et les Nymphes, et Diane aux pieds de biche, et les Muses décentes, forment votre cour, et, entourée des dieux et des déesses de l'Olympe, vous ne respirez que le doux parfum des orangers et des fleurs. Vous ne vous couchez que sous des berceaux de myrte, ou sur des sophas de moire azurée que Lyon a tissés. C'est au feu de mille bougies, brûlant dans des lustres d'or, que vous savourez les vins ambrés de Syracuse. C'est au son d'une musique frémissante et voluptueuse, que vous entrelaçez vos danses. L'haleine des roses parfume le tapis oriental de vos promenades d'hiver. Les galeries du Muséum vous délassent des ennuis de la Cour, et la Vénus de Médicis et les belles filles de l'Albane vous sourient, quand vous passez devant elles, de ce sourire charmant dont sourient des vierges et des déesses. Cent coursiers, qu'Albion a nourris dans ses hauts et gras pâturages, emportent rapidement vos wiskis aux souples ressorts, et s'il vous prend fantaisie de voguer sur l'onde, vingt rameurs frappent la Seine d'un bond mesuré; les bandelettes tricolores flottent au souffle de la brise et des joueurs de flûte couronnent le pont du navire. Les reines les plus brillantes, fussent-elles de Golconde, sont bien obligées d'avouer en se pinçant les lèvres qu'il n'y a rien sous le soleil qui puisse s'égaler à l'éclat de votre parure, et, en effet, il n'y a pas une seule de ces dames qui reçoive, comme vous, pour sa toilette, un million par mois.

Mais où il faut vous contempler et vous admirer à son aise, ma Dame, c'est en déshabillé, lorsque vous venez de jeter dans vos patères de porphyre et d'agathe les colliers de perles fines, les bagues d'émeraudes et les agraffes de rubis et de topaze et que, dans le simple appareil d'un financier qui fait le soir son compte de caisse, vous appelez vos trésoriers autour de votre portefeuille. Oh! qu'il fait beau vous voir alors les mains pleines de rescriptions et de bons du Trésor, de traites de marchands de bois, de lettres de change sur Vienné, Londres, Amsterdam, d'effets au porteur, de fins de non-recevoir, d'assignations, de condamnations, de collocations, de subrogations, de délégations, de compensations, de titres parés, de jugements exécutoires et de créances de toute espèce.

Mais ce qui vous rend, ma Dame, incomparable et sans pareille, ce qui me confond d'étonnement, ce qui fait éclater aux yeux de la France les miracles de votre génie, ce qui vous met beaucoup au-dessus de Newton qui trouva la loi de la gravitation universelle, de Guttenberg qui inventa l'imprimerie, de Watt qui appliqua les merveilles de la vapeur, de Montgolfier qui s'éleva dans les plaines du ciel; ce qui laisse bien loin derrière vous les plus heureuses spéculations de notre temps, les houilles d'Anzin et l'asphalte de Seyssel et le Mastic végétal, et le Bitume vitrifié et tous les Bismuths du monde, c'est que vous avez découvert, que vous possédez, que vous exploitez en grand, avec un art subtil et toujours nouveau, le meilleur et le plus beau de tous les secrets, le secret le plus surprenant, le secret le plus ingénieux, le secret le plus inimitable, le secret le plus productif, le secret le plus commode, le secret, pour tout dire, de ne pas payer vos dettes!

Oui, vous vous êtes arrangée si bien et de telle façon, Dame de mes pensées, que nous n'aurons, je ne le vois que trop, de toute cette affaire-là, nous, contribuables, ni argent ni juges.

En effet, qui nous jugerait? La législature? Mais la législature avait-elle assez d'énergie pour flétrir, ne la pouvant juger dans la loi des comptes, pour flétrir, du haut de sa moralité, d'un blâme solennel et articulé, cette inique compensation? Oh! non, elle a bien vite admis le silencieux et impuissant expédient de ses commissaires, et donné tête baissée avec eux dans le piége qu'on lui tendait, qu'elle n'a pas vu, qu'elle ne voit pas encore. Quelle vive intelligence! quelle pénétration admirable! quelle haute portée d'esprit! Après deux grandes années d'étude et de méditation, la législature vient de découvrir et elle a fièrement la gloire d'annoncer au monde qu'il y a entre le trésor et vous, ma Dame, compte à régler; qu'elle n'a pas à y fourrer le nez et qu'elle ne l'y fourrera pas, et que les deux parties peuvent, si bon leur semble, aller plaider sur le fond du droit devant qui de droit.

Or, quel est, je vous prie, ce qui de droit? Les tribunaux? Mais est-ce que les tribunaux peuvent s'immiscer dans des liquidations consommées par des actes administratifs, en vertu de la législation tant générale que spéciale de la matière? Est-ce qu'ils peuvent connaître des réglements de gestion provisoire et des comptes de crédit et de caisse ouverts entre la liste civile et le Trésor? Les tribunaux sont incompétents.

C'est donc le ministère qui jugera et qui jugera seul, tout seul dans l'ombre, sans contrôle de publicité, sans instruction sérieuse, sans forme prédéterminée, sans maturité de débats, sans motivation raisonnée; oui, c'est le ministère qui jugera, je le sais bien, et j'en tremble pour les contribuables; car il est de notoriété qu'un ministre ne se contredit jamais. Or, comment voulez-vous qu'après avoir proposé aux chambres, comme ministre, de dire qu'il y a compensation, il aille décider, comme juge, qu'il n'y a pas compensation?

On fera appel devant le conseil-d'état? Belle ressource! eh qui donc a qualité pour faire appel devant le conseil-d'état, si ce n'est le ministre, et le ministre des finances appellera-t-il de la décision rendue par le ministre des finances? C'est une moquerie.

Ainsi, ma Dame, vous aurez bientôt repris en détail ce que vous semblez perdre en gros ; vous n'aurez paru succomber dans la forme, devant la chambre, que pour gagner au fond devant le ministre, sinon le tout, du moins forte partie de la somme, et vous ne serez ainsi sortie par la porte que pour rentrer par la fenêtre. C'est là un stratagème on ne peut pas plus ingénieux, je vous en fais mon compliment, et je vous disais bien tout-à-l'heure que vous aviez des secrets que n'a personne et que vous étiez, de tous points, incomparable.

Toutefois, dans vos combinaisons, vous aviez oublié un quatrième juge, qui n'est ni la législature, ni les tribunaux, ni le ministère, et ce juge oublié, ce grand juge, ce juge suprême, ce juge de tout et de tous, c'est le public ! Vous voudrez bien permettre que nous le prenions pour arbitre. Notre cause est encore plus d'équité que de droit. Or, des juges d'équité n'ont pas besoin, voyez-vous, d'avoir appris par cœur les lois grecques de Minos, ni de lire couramment dans Cujas et dans Bartole, ni de pouvoir réciter comme vous, sur le bout du doigt, les fragments de Gaïus, les Gloses et le Compendium. Le public, heureusement pour lui, n'entend rien à toutes ces belles choses. Le public est galant homme, et c'est, ma Dame, tout simplement ce qu'il faut être, pour comprendre vos prétentions et pour les condamner.

Je sais, par expérience, qu'il ne fait pas bon de s'attaquer à si grande dame que vous, et que, ne suivant guère en cela les traditions courtoises de l'antique monarchie, vous aimez mieux faire descendre en lice les porte-plumes de vos gardes-robes et de vos cuisines que les porte-lances de la chevalerie ; que vous vous dépêchez bien vite de crier qu'on vous étrangle, lorsqu'on vous prie le plus poliment du monde d'acquitter vos dettes, et qu'il ne tiendrait pas à vous que nous ne passions, mes clients, les contribuables et moi, pour des factieux, des relaps, des hérétiques, des calomniateurs et des criminels de lèse-majesté au premier chef.

J'ai donc l'honneur de vous prévenir et je répéterai par trois fois ceci pour éviter méprise, *honni soit qui mal y pense !* que je dégage votre personne de toute affinité politique quelle qu'elle soit, et qu'ici, vous n'êtes à mes yeux, ma Dame, qu'une particulière, bien riche, bien riche, ayant gros crédit à la cour et sur toutes les places de commerce, et fort en état de payer si tel était son bon plaisir ; qu'un débiteur qui a les mains garnies et qui se les ferait rompre plutôt que de rien lâcher ; qu'un comptable forcé en recette et qui ne veut pas rendre gorge ; qu'une grosse caisse pleine de nos écus et qui se cadenasse et se ficelle, lorsque la clef s'en approche. Vous n'êtes que cela, ma Dame, rien que cela. Voilà qui est bien entendu !

Maintenant, huissier, appelez devant le public la cause des contribuables contre la liste civile !

Je ne puis m'empêcher, ma Dame, de faire remarquer dans mon exorde, qu'au lieu de retenir sur vos délivrances mensuelles la somme de 3,498,846 f., chiffre de votre dette, non compris les intérêts, notre vigilant ministère a, pour vous faire plaisir, adopté vos façons de compensation, embarrassé la discussion des budgets, jeté une grave perturbation dans la comptabilité, et donné au pays un très-mauvais exemple. Puis, quand il s'est agi de combattre vos injustes prétentions, le ministère, pour vous laisser la main belle, n'a produit que des chiffons de papier devant la Chambre, et vous avouerez, mystification à part, que voilà un trésor public joliment défendu! Vous, au contraire, ma Dame, vous avez à votre service, en chambre et hors chambre, des avocats subtils et retors qui nous feraient voir la nuit en plein soleil, outre que, de votre propre personne, vous entendez merveilleusement la procédure, et que feue dame d'Escarbagnas, de Pimbêche et d'Orbêche n'a jamais été à beaucoup près de votre force, et n'avait pas, comme vous, pendu à son côté un sac rempli de si tant d'arguties pointues et chicanières.

Or donc, vous voilà, ma Dame, qui vous alignez et qui, féraillant des deux mains, réclamez de nous, compensativement, par la voie de l'action dite réconventionnelle, à savoir :

Pour déduction de dépenses faites

par le trésor et indûment mises à votre charge, telles que les services qualifiés services d'honneur, subventions des théâtres, salaires d'écurie, de vénerie et d'aumônerie. 993,547 fr. 46 c.

Pour le montant des contributions payées pour les biens de l'apanage d'Orléans, du 9 août 1830 au 1er janvier 1832. . . . . 391,831 fr. 40 c.

Pour des retenues proportionnelles exercées sur les traitements des employés de l'ancienne liste civile pendant qu'ils étaient à la solde de l'Etat, et dont la nouvelle liste leur aurait fait remise . . . . 56,365 fr.

Pour des retenues opérées sur les dépenses du matériel de l'ancienne liste civile, au profit de la caisse de vétérance. . . . . 61,662 fr.

Pour avances et secours aux pensionnaires de cette caisse. 485,619 fr.

Pour lapins et gibier vendus par l'Etat, à l'effet de conserver les forêts de la couronne. . . . . . 70,204 fr.

Enfin, pour le montant de 423 traites de coupes de bois, trouvées dans le portefeuille de l'ancienne liste civile et provenant des adjudications et coupes de l'année 1829, 1,754,412 fr.

La kyrielle est longue de vos répétitions, et pour les soutenir, vous ergotez, ma Reine, comme un vieux procureur, et vous trempez vos jolis doigts dans l'encre. A chacun son goût, mais à chacun aussi son droit. Le nôtre, celui que je défends, celui des contribuables, s'établit facilement contre vous, article par article; je viens de les poser et je les reprends.

Vous contestez d'abord 993,547 fr. 46 c. de dépenses que le trésor aurait faites pour vous. Mais, de ce chef, vous n'articulez rien, et le ministre, vous imitant, ne répond rien. C'est très-bien et voilà ce qui s'appelle une affaire parfaitement instruite !

Tout ce qu'il est possible d'induire du silence éloquent gardé par le ministre sur le fond de la question, et du bref exposé de la commission, c'est qu'on aurait voulu porter à votre compte particulier, ma Dame, certaines dépenses de l'ancienne liste civile, telles que les gages de l'antichambre, de l'office et de la bouche, la nourriture des chevaux, le service de la vénerie, de l'aumônerie et des théâtres. Est-ce que par hasard le trésor aurait entretenu et salarié, au-delà du 9 août 1830, des services rompus par les pavés des barricades? ceci vaudrait qu'on l'expliquât. Dans tous les cas, les neuf millions de trop perçu que la bénévolente législature de 1832 vous adjugea, on ne sait pourquoi, n'ont-ils pas dû vous servir amplement à couvrir cette dépense de 993,547 fr. Cela fait, vous auriez eu encore plus de huit millions de relique, superbe relique, et je pourrais me borner, ma Dame, à invoquer le texte et l'esprit de la loi du 2 mars 1832 qui vous interdisent toute espèce de répétition, et à vous écraser sous cette décisive et légale fin de non-recevoir. Mais je suis plus généreux, plus juste si vous voulez, juste même à l'excès, tant j'ai à cœur d'être impartial! ainsi je tomberai d'accord avec vous, ma Dame, qu'en 1830 vous n'étiez pas aussi ferrée que vous l'êtes devenue sur les traditions de l'antique monarchie, et j'aurai la bonne foi de dire que je ne crois pas, à la première vue, qu'on ait dû mettre à votre charge, ni le service des valets, nobles ou non, car vous aviez les vôtres; ni le service des aumôniers, car vous aviez pris la bonne habitude de dire vos prières toute seule, et quant à la distribution de vos charités, on peut juger du genre de celles que vous avez faites par celles que vous nous demandez de vous faire; ni le service des écuries, car à quoi bon les magnifiques coursiers de Charles X pour traîner vos omnibus; ni le service des théâtres, car assurément vous ne manquiez pas de comédiens; ni enfin le service de la vénerie, car, en fait de vénerie, il paraîtrait que vous n'aimâtes jamais que la chasse aux lapins.

Vous voyez bien, ma Dame, que je prends ici votre défense plus que vous-même, dûssiez-vous me payer d'ingratitude à défaut d'argent. Si donc le trésor vous demande, sans raison et sans preuve, ce qui ne lui est dû, arrière le trésor! Justice à vous comme aux autres. A chacun ses charges; celles de l'ancienne liste civile ne sont pas les vôtres. Vous n'êtes pas son successeur, même sous bénéfice d'inventaire. Il y a entre vous séparation éternelle de corps et d'héritage. Autre bannière, autres services; autres biens, autres dettes. Qu'on vous fasse tort d'un centime, je crierai aussi fort pour vous que je vais crier haut contre vous, lorsque je vais prouver que vous nous faites tort, vous, de plusieurs millions.

Ce n'est pas que je me flatte de vous amener à recouvrement.

Mais pour la curiosité du fait et pour l'instruction des autres listes civiles de l'Europe, il est bon de faire voir en quelle monnaie la liste civile-modèle paie ses créanciers.

Ainsi, vous donnez pour appoint de votre dette 391,831 f. de contributions foncières déboursées pour l'apanage d'Orléans. Mais vous avez perdu mémoire, ma Dame, que l'apanage d'Orléans était incorporé de plein droit au domaine de l'Etat; que si, par une grâce spéciale dont vous montrez aujourd'hui bien peu de reconnaissance, la loi a transporté les biens immenses de cet apanage au domaine de la couronne, il y est entré avec charges et bénéfices ; que la charge a été de 391,831 fr. une fois par vous payée, et que le bénéfice a été de deux millions à vous payés, chacun an et à toujours, ce qui est un peu différent ; enfin que ce qui est versé dans les caisses du trésor, à titre de contribution, est prescriptible pour vous comme pour tout autre. Vous n'insisterez donc pas sur ce premier point, j'en suis sûr. Voyons le suivant.

Vous demandez que l'Etat vous fasse raison de 74,523 f. 67 c., produit annuel des coupes de bois de la petite forêt d'Orléans qui était sienne, et qui est devenue vôtre, je voudrais bien qu'on me dise pourquoi, mais c'est égal ; au demeurant, ce compte-ci ne vaut pas mieux que l'autre. En effet, de ce que la loi du 2 mars 1832 vous a abandonné le revenu des biens distraits de la nouvelle dotation, vous en concluez qu'elle vous a donné aussi le revenu des biens ajoutés. Vous faites donc semblant d'ignorer, habile plaideuse que vous êtes, l'axiôme de droit : qui dit de l'un, nie de l'autre.

N'avez-vous pas compris que si la possession de l'ancienne dotation de la Couronne remonte au 9 août 1830, jour de l'avénement, c'est qu'il y avait présomption que l'ancienne dotation resterait ce qu'elle était, et que si l'on vous délaissait les revenus sans intermittence, c'était afin que, sans intermittence pareillement, ils fissent face aux charges. Mais il ne pouvait en être et il n'en a pas été de même des biens ajoutés. Tels que l'État les possédait, il vous les a remis. Tels que vous les avez reçus, vous les possédez, rien de moins, rien de plus ; voilà ce que vous n'avez pas compris !

Permettez-moi de vous dire que, d'après votre beau système, si, au bout de vingt ans, on vous accordait en augment de votre énorme dotation un nouveau domaine de l'État, ce qui n'est pas impossible avec les Chambres que nous avons vues et que nous verrons encore, vous feriez donc à l'État une répétition de fruits de vingt années ! je vous défie ou plutôt je vous supplie de rétorquer cet argument ; car s'il y a incorporation de la manière que vous l'entendez, il y a rétroactivité, et s'il y a rétroactivité, vous obtiendriez vingt ans d'arrérages, c'est-à-dire deux capitaux pour un. C'est tentant, ma Dame, c'est tentant, et l'eau ne vous en vient-elle pas à la bouche ?

Ne convoîteriez vous pas non plus avec un peu trop de concupiscence la somme de 485,609 fr., lâchée par vous pour secours aux pensionnaires de la Liste civile, et qui constitue l'objet du quatrième chef de vos réclamations? Je commencerai par avoir l'honneur de vous faire remarquer, ma Dame, que ce n'est pas la faute de l'État si la nature, indépendamment de beaucoup d'autres bons et excellents biens et qualités, vous a dotée d'un cœur sensible. Mais enfin, prise de compassion à la vue des souffrances des pensionnaires qui mouraient de faim, vous vous êtes laissée aller à leur faire distribuer un secours de bonne amitié, un secours de 485,000 fr. Puis, ce moment passé d'humeur donnante, vous vous êtes dit en poussant un soupir de repentir : il me vient une idée ! la charité est sans doute une belle chose, mais elle met à sec ma cassette, et si je pouvais la faire remplir par l'État? l'idée est bonne, ma Dame, je n'en disconviens, et le moyen ingénieux. Mais l'État doit-il? en d'autres termes, l'État s'est-il engagé? le Ministre des finances a-t-il paru dans l'affaire? vos Agents ont-ils réclamé en 1832? la Loi de 1835 a-t-elle noté vos réserves? point, point. Il paraît, charitable Princesse, qu'il ne vous suffit pas d'avoir recueilli les bénédictions de ces pauvres pensionnaires et les hosannas de la bonne presse. Vous voulez palper les remerciements des gens et nos écus. Contentez-vous de leur reconnaisance s'il leur en reste. Avec vos 9 millions de trop perçu, vous avez pu faire la généreuse pour 400,000 francs et suivre, en toute liberté, les mouvements de votre noble cœur. En vous remboursant vos aumônes, l'État vous enleverait le prix qui doit vous revenir de cette belle action sur la terre et dans le ciel. C'est ce que nous ne souffrirons pas. Est-ce que vous souffririez vous même qu'on vous peignît sur les toiles historiques de Versailles donnant la charité de la main droite aux pauvres, et présentant votre quittance de la main gauche au Trésor, et croyez-vous que vous vous en tireriez en disant que, selon le précepte de l'Évangile, votre main gauche doit ignorer ce que fait votre main droite? l'Évangile, ma Dame, veut qu'on rende à César ce qui appartient à César, c'est-à-dire qu'on paie au trésor ce qu'on lui doit.

Qui vous empêche d'ailleurs de dire aux pensionnaires: ah ça, vous autres, est-ce que vous vous imagineriez que je vous ai fait l'aumône à propos de rien du tout et sans qu'il m'en revînt quelque chose? Une pauvresse comme moi faire l'aumône! Charité bien ordonnée commence par soi-même. En supposant qu'aumône il y ait eu, cadeau pour cadeau, est-ce que vous ne pourriez pas me rendre ce que je vous ai donné?

Les pensionnaires désappointés verront là-dessus ce qu'ils ont à faire. Quant à l'Etat, c'est tout vu. Il ne vous rendra rien parce qu'il ne vous doit rien. Il serait aussi par trop fort que vous fissiez vos petites générosités à nos dépens! Bientôt vous nous feriez payer tout l'attirail de vos grâces, le carmin de Géorgie que vous étendez sur vos joues et sur vos lèvres, votre blanc de céruse, vos brosses d'ivoire et vos lavabos! Nous ne demandons pas que vous vous mettiez en frais de tant de charmes, ni que vous vous fassiez pour nous aussi aimable que vous l'êtes pour les rois de la sainte alliance et les seigneurs de leur cour!

Je ne suis pas, ma Dame, arrivé à la fin de vos spéculations, en matière de compensation, et en voici une d'un autre genre qui n'est pas moins originale, et qui mérite certainement d'être rapportée. Tant pis pour vous si l'on glose.

Les anciens employés de la liste civile devinrent, pendant la gérance provisoire du ministre des finances, les employés de l'Etat. Or, les employés de l'Etat avaient été, d'après la loi du 16 octobre 1831, passibles d'une retenue extraordinaire sur leurs appointements. Il vous a plu de leur passer remise de cette retenue quand vous devîntes la bonne dame de tant de châteaux. Vous avez acquitté là votre bienvenue. C'est très-parfaitement, et l'on n'avait pas besoin de ceci pour savoir combien vous êtes magnifique. Que dis-je magnifique ? Vous n'avez été que juste, et pas trop encore. Car par leur fidélité, leur travail et leur intelligence, vos employés méritaient mieux. Au surplus, nous n'avons pas à mettre l'œil ni le doigt dans vos gratifications et je les tiens pour ce qu'elles sont. Mais il ne fallait pas avec une grâce toute chevaleresque assigner l'Etat en remboursement !

J'insiste :

Tant que les biens de la dotation n'ont pas été déclarés biens de la couronne, ils sont restés biens de l'Etat. Tant que les employés n'ont pas servi à votre solde, ils ont servi à la solde de l'Etat. Ils ont donc subi et dû subir la retenue commune à tous les agents de l'Etat. Ce qui s'est passé ensuite d'eux à vous, entre les quatre murs de votre domesticité, ne regarde pas l'Etat. Est-ce clair ?

Ceci qui vient d'être dit soit dit aussi pour les retenues que vous fîtes en 1831 sur les dépenses du matériel, au profit de la caisse de vétérance. En vérité, quoiqu'il m'en coûte, je ne puis vous laisser inscrire cette somme ni au registre de vos créances, ni même sur votre livre de charités. Car en 1831, ma Dame, vous espériez qu'on vous chargerait du paiement des pensions de la caisse de vétérance, et vous vous frottiez les mains de cette bonne affaire. Très-bonne en effet, superlativement bonne, comme on va le voir. Les pensionnaires possédaient en propre, à eux, en tout bien, une rente viagèrement évaluée au denier dix à . . . 380,000 fr.
Vous demandiez pour le service de ces pensions-là une somme additionnelle de . 860,000 f.

Total . . . . 1,240,000 f.

Maintenant, il faut que je dise le fin, le bon de votre calcul. Le montant des pensions était de 600,000 fr. et vous auriez eu 1,240,000 fr. pour leur service, c'est-à-dire 640,000 fr. de bénéfice net tout d'abord. Il y a plus, la charge des pensions aurait diminué, d'année en année, par le décès graduellement précipité des pensionnaires. Mais un million à peu-près restait fixe dans vos mains. Un million annuel et fixe ! oh que c'était là une belle spéculation, une spéculation solide, intelligente, capitale ! Oui, ma Dame, il faut le reconnaître, vous avez le génie des affaires, des grandes affaires ! plusieurs femmes, avant vous, ont brillé sur la scène du monde. La belle Aspasie gouvernait Périclès et répandit sur Athènes l'éclat des grâces et des talents. Cornélie, la mère des Gracques, étonna les vieux romains par sa vertu. Clotilde édifia les vieux français par sa piété. Elisabeth d'Angleterre établit sa domination sur toutes les mers du globe, et Catherine de Russie rudoya les fiers Ottomans avec sa poignée de femme. Mais vous, ma Dame, vous n'avez pas la moindre envie, je dois vous rendre justice, de prendre en main le sceptre des mers ni de faire trembler le Bosphore. Vous aimez mieux savoir, en bonne ménagère, ce qu'une poule de vos fermes peut pondre d'œufs en un mois, ce qu'une bougie brûle d'heures, ce qu'un poèle engloutit de bûches, ce que pèse une botte de foin mouillé, ce que coûte le potage, l'entremets et le dessert. Vous vous élevez aussi plus haut, j'en conviens; vous savez ce que peut rapporter une charité convertie en créance; que n'émettez-vous en actions et coupons d'actions l'entreprise de vos aumônes remboursables par l'état? Vraiment, ma Dame, dans ce siècle d'industrialisme, vous tenez notre administration suspendue entre les prodiges des sociétés commanditaires et les inépuisables et merveilleuses inventions de votre esprit financier !

Il éclate surtout cet esprit imaginatif dans le chapitre des lapins, beau chapitre et bien digne de figurer parmi la bizarre nomenclature de vos étranges répétitions.

En fait et en droit, le ministre des finances qui gérait les forêts de l'ancienne couronne, en l'année 1831, a, pour la conservation de ces forêts, adjugé la vente du gibier; il le pouvait, il le devait. Or, le produit de l'abattage de ces hôtes des bois, tant bipèdes que quadrupèdes, tant plumés qu'implumés, tant légitimes qu'illégitimes, tant herbivores que granivores ou carnassiers, gris, noirs, blancs, fauves, pattus, poilus, velus, cornus, biscornus, savoir : lièvres et lièvreteaux, perdrix et perdreaux, cailles et caillettes, daims, biches, cerfs, chevreuils, grives, bouvreuils, rossignols, fauvettes, chardonnerets, linotes, geais, merles et pies, hibous et chouettes, buses et busons, loups, renards, blaireaux et belettes, faisans et lapins, est entré dans l'ancienne liste civile, et c'était juste ; car ces animaux sifflans, grouillans, gazouillans, grimpans, grondans, grignotans, bélans, hurlans, bramans, avaient été hébergés et entretenus par les soins de votre défunte sœur, ma Dame ; ils étaient sa chose, son engraissement, son fruit. Morts, c'était eux que l'ancienne liste civile embrochait ; vendus, c'était leur prix qui appartenait à elle ou à ses créanoiers. Les 70,204 fr. ont été et devaient être déposés dans les caisses de votre aînée et non dans les vôtres, cadette! Vous avez laissé faire la législature; vous n'avez point mis obstacle, point réclamé, point réservé. Votre répétition ne vaut; valut-elle, elle serait tardive et prescripte.

La loi du 2 mars 1832 vous a condamné. La commission spéciale de 1836 vous a condamné. Qu'avez-vous de plus à dire? Quand on achète un château, on prend les meubles en l'état où ils se trouvent. Or le gibier est à la forêt ce que le meuble est au château. Que ne demandez-vous récompense pour le raccommodage de la couronne de Charles X ébréchée par un pavé, ou pour le recousis des trouées faites au velours de son trône? tant aussi pour les vitres cassées par les projectiles de juillet! tant pour les brisures de grilles, portes et fenêtres et autres menues pertes causées par les fusils, bayonnettes et boulets des barricadeurs qui vous ont ouvert le palais des Tuileries et qui vous y ont donné vos grandes entrées !

Auguste, après le massacre de ses trois légions germaniques, s'écriait dans sa noble douleur : Varus, rends-moi mes légions ! Et vous, ma Dame, vous vous écriez non moins héroïquement : Rendez-moi mes lapins, rendez-moi mes lapins !

Est-ce que par hasard vous voudriez faire aussi commerce de lapins, vous qui faites tant de commerces ? Charles X les mangeait et vous les vendez. Mais comme apparemment vous ne les vendez pas pour rien, les lapins ne viennent pas non plus pour rien, ne viennent pas tout seuls. Il faut les nourrir de choux et de laitues. Dépense. Il faut les enfermer dans des palissades d'un bois dur et serré. Autre dépense. Il faut, pour surveiller leurs fuites et équipées, une brigade de gardes-du-corps. Autre dépense. Il faut largement indemniser les voisins des dégâts commis par la dent de ces petits animaux rongeurs dans les blés, pois et fèves dont ils sont friands : Autre dépense. Auriez-vous fait ces dépenses ? Auriez-vous, à l'imitation de votre sœur aînée, dont les pièces justificatives sont registrées aux archives de la cour des comptes, case 3, folio 57, numéro 28,440, acheté pour la nourriture des jeunes faisans, cinq mille boisseaux d'orge et de mil, cinquante mille litres de vers blancs et autant au moins de larves de fourmis ? Auriez-vous, pour échauffer les parquets des volières, fourni plus de 250 mille œufs de poule, dix mille livres de sucre et cinq cents voitures de marc de raisin ? Auriez-vous offert en hécatombe, aux hôtes des faisanderies, 15 mille chats et 7 à 8 cents chiens ? n'auriez-vous pas trouvé un peu cher d'octroyer en prime, pour la destruction des bêtes féroces, non compris les loups, savoir : 25 cent. pour une pie, 2 fr. pour un vieux renard, 50 cent. pour un chien et 1 fr. pour un chat ? Et la poudre, et le plomb, et les espingoles, et les canardières, et les lacets, et les filets, et les furets, et les piéges, et les bascules, et les assommoirs, et les traqueurs, ne les comptez-vous pour rien ? Voilà cependant les dépenses qu'il vous eût fallu faire pour entretenir et garder en état d'embonpoint et de prospérité vos perdrix, faisans, lapins et leurs progénitures. Vous les auriez laissé mourir de faim dans leurs terriers, ces pauvres lapins ! autant vaut pour eux et pour ceux qui les aiment qu'ils soient morts sous le fusil du chasseur.

Après tout, qu'a donc fait l'Etat de si mal pendant sa gérance, et de quoi vous plaignez-vous ? il a agi en bon père de famille. Il a rendu toute la liberté de leur pousse à vos taillis bas, couverts, fourrés, étouffés, rabougris, recepés exprès, chaque année presque, pour faciliter les tirés du lapin, du faisan et de la perdrix. Ingrate Madame! vous n'avez plus de pieds d'arbres à empailler, plus d'indemnités annuelles de 300 mille francs à payer, plus de treillages à réparer, plus de repiquements à faire, et cent hectares de bois rongés par les lapins, tronqués par la serpette, s'élèvent aujourd'hui pour vous pleins de sève et d'écus. Calcul fait, et tort et profit mis dans la balance, vous seriez de mille pour cent notre débitrice et vous vous dites notre créancière! Ah, Madame la chasseresse, vous pouvez vous connaître en lapins, mais en compensation, point!

Au surplus, je dois vous rendre cet hommage, que, sans prendre trop au pied de la lettre les traditions de l'antique monarchie, ou pour mieux dire de l'antique mythologie, vous vous souciez assez peu de parcourir nos forêts, semblable à Diane, le carquois sur l'épaule, et de forcer un cerf dix cors dans ses fourrés impénétrables; vous calculez trop bien pour cela, et au lieu de tirer votre poudre aux moineaux, vous avez mieux aimé organiser une grande battue contre les traites des marchands de bois, et c'est ainsi qu'à travers monts et vaux vous poursuivez la recette dans vos coffres d'une somme d'un million 754 mille fr., montant des coupes de bois vendues par et pour Charles X, en 1829. Ce gibier d'encaisse, ma Dame, par sa rondeur et son encolure, valait, j'en conviens, qu'on lui fît la chasse. Malheureusement, je me vois obligé de vous le répéter, tant vous avez l'oreille dure et la mémoire courte! vous oubliez toujours que vous n'avez pas hérité de votre défunte sœur ainée, l'ancienne liste civile, et que vos deux patrimoines, sous aucun rapport et à aucun titre, ne peuvent se confondre. Si, au lieu de bois coupé, votre sœur eût récolté du froment et que ce froment eut été engrangé, vanné, criblé, porté au marché, vendu comptant et l'argent mis en poche, dans la poche de l'ancienne liste civile, certes vous n'iriez pas l'en tirer, par la crainte de Dieu qui juge les mauvaises actions, et de la police correctionnelle qui les punit. Eh bien, qu'importe la nature des objets vendus et la monnaie du prix de vente? blé ou bois, c'est même chose, chose fongible, denrée, produit, meuble. La vente est parfaite par le consentement des parties. La vente est consommée par la tradition de l'objet. La libération est consommée par la remise des valeurs, papier ou numéraire. La remise est le paiement, l'échéance n'est qu'un terme, voilà le droit. Il suit de là que les traites, embourseées par l'ancienne liste civile, ont exclusivement pour date d'achat, de vente, de recette, d'affectation, l'année 1829 et rien que l'année 1829. A chaque jour suffit sa peine, à chaque débit son avoir, à chaque aménagement sa coupe, à chaque exercice son revenu; or, vous nous feriez difficilement accroire, ma Dame, que vous datez de l'exercice 1829 et que vous viviez avant que de naître, si ce n'est peut-être sous la forme d'un embryon tout-à-fait incapable d'encaisser des traites et de palper des écus; j'aurais peine à m'imaginer non plus qu'il ait pu exister deux listes civiles à la fois. Pour les contribuables, c'est déjà bien assez d'une. Enfin, il me semble, à pouvoir presque l'affirmer, qu'en

1829, vous n'étiez pas, ma Dame, si grande dame qu'aujourd'hui. Vous n'aviez pas alors droit de gruerie, de chasse et de coupe dans les belles forêts de Compiègne, de Vincennes, de Marly, de Boulogne et de Sénart, et les hôtes innocens de ces bois, les lapins, ne se doutaient pas que votre avénement leur amenerait une si fatale destinée et que vous feriez arrêt sur leurs peaux. Pauvres lapins! ils devaient tomber avec la monarchie des huit siècles.

Proh Pudor! et voyez comme le ministère sacrifie les intérêts des contribuables, et si ce n'est pas une pitoyable dérision que de les renvoyer à se faire faire justice par un pareil juge! En même temps que le ministère allouait à la liste civile actuelle les traites pour coupes de bois de Rambouillet, détaché de la liste en 1832, *parce que* elles avaient été signées par les marchands et empochées par la dite liste en 1831, il lui allouait les traites pour coupes des autres forêts de la couronne, *quoique* elles eussent été signées par les marchands et empochées par l'ancienne liste en 1829. Ainsi, sous notre ministère de conciliation, le *parce que* et le *quoique*, ma Dame, vous profitent également ; c'est la même justice qui tient pour vous, dans sa balance, deux poids et deux mesures ; c'est le même principe qui engendre deux conséquences diamétralement opposées ; c'est la même source d'où partent contre nature, vers le nord et vers le midi, deux filets d'or où vous vous abreuvez. Jamais l'art d'unir les contraires n'avait été poussé aussi loin, et jamais si scandaleuse iniquité n'avait affligé l'honnêteté publique et dépouillé le trésor !

Le trésor ? Et d'où vient, ma Dame,

que vous l'actionnez en répétition? Qu'y a-t-il ici de commun entre vous et lui? est-ce que le trésor est votre débiteur? est-ce qu'il a contracté pour vous, reçu pour vous, liquidé pour vous? Le trésor a remis l'argent de l'ancienne liste civile aux créanciers de l'ancienne liste civile. Le trésor n'est ni l'héritier, ni le donataire, ni l'acquéreur des créanciers. Il n'est que leur mandataire. A vous, il ne doit pas compte, nul compte. Si vous tenez tant à la somme ronde et grosse, et je la sais bonne à agripper, que ne la faites-vous restituer aux créanciers dont elle était le bien, et qui l'ont reçue? Mais ce serait là le procès le plus injuste, le plus juridiquement condamnable, le plus moralement honteux qu'on puisse voir. Non, ma Dame, j'en atteste la pudeur publique et votre propre honneur, vous ne le ferez pas!

Alors vous paierez donc? — Nenni!

— Mais on saura bien vous faire payer ?

— Moi, payer ! Comment ? par quels moyens ? qui m'y forcera, et pour qui me prenez-vous ? — Vous dites vrai, ma Dame, et vous faire payer n'est pas œuvre tant à l'avenant.

Cependant, que si au lieu d'être une grande Dame, vous n'étiez qu'une pauvresse, une veuve, une mère de famille, le fisc qui n'a pas d'yeux et d'oreilles, ni même de cœur, mais qui a des mains longues et crochues, ferait saisir et vendre sur la place du Châtelet, vos fauteuils, linge, montres, armoires, tables, ustensiles et vaisselle, pour se payer de la personnelle et de la mobilière. Vous ne lui diriez pas : Attendez un peu, je vous prie : j'ai, du chef de mon mari, un quartier de pension à vous demander. Compensons. J'ai un réglement de fournitures à vous offrir. Compensons. J'ai un prix-d'expropriation que vous me devez. Compensons. Payez, répondrait le fisc, payez, commencez par là, nous verrons ensuite. Il y a des juges qui nous jugeront.

Oui, il y a des juges entre le fisc et le contribuable. Mais il n'y a pas de juges entre le fisc et vous. Il n'y a pas même d'huissiers. Qu'ils fassent mine, pour vous instrumenter, de franchir vos grilles de fer. On ne passe pas! Leur criera le planton de garde. Ainsi, ma Dame, vous faites payer le 1er du mois pour tout le mois et d'avance, ce que le trésor vous doit, sans laisser un centime en arrière. Mais vous ne payez pas au trésor ce que vous lui devez, ni fin de mois, ni fin d'année. Fussiez-vous criblée d'assignations et endettée jusqu'à la dernière piécette, vous resteriez toute pimpante dans vos meubles où la nation vous a mise, bien entretenue, bien nippée, dorée sur tranche, coiffée, attiffée, réjouie, la bourse pleine, la perle à l'oreille, la table mise et la cuisine au flair. Vraiment, il y a du plaisir à être débiteur de cette façon là! Il y a même plus de profit qu'à être créancier de l'autre.

D'ailleurs ma Dame, la nature et le parlement vous ont pourvu de tant de grâces et de séductions; vous avez de si beaux yeux, des yeux si doux pour le ministre des finances qui doit à votre intercession, son superbe portefeuille rouge, si envié de tant d'envieux, et son titre chatouilleux d'Excellence, en attendant celui de Monseigneur, et ses seize mille pièces de cent sols de traitement, et tant et de si belles places pour les siens et ses parents, et cousins des siens, jusqu'au douzième degré inclusivement, et son bel hôtel tout reluisant de pourpre et d'or, et ses équipages vernis et son boudoir parfumé d'ambre ! Nos commissions de finances que ce bon ami compose, ne sont pas trop méchantes non plus, ni rudes au toucher et d'opposition revêche. Vous avez aussi quelque peu d'empire sur nos conseillers d'état, et ils sont trop galants et trop amovibles pour vouloir, ma Dame, vous faire de la peine. Nos juges ne seraient peut-être pas aussi maniables, n'était l'assez mauvaise habitude qu'aucuns ont prise de venir parfois l'épitoge retroussée, débiter en cour des amplifications flûtées et de petites tirades singulièrement amoureuses. Mais vos démêlés avec le fisc, sont choses qui ne les regardent pas. Quant à nos deux chambres dites législatives, dites nationales, dites représentatives, dites monarchiques, dites aristocratiques, dites oligarchiques, dites olympiques, dites tout ce que vous voudrez, il est sans doute avec elles des accomodements, puisqu'il en est bien avec le ciel. Ces beaux messieurs qui se pavanent dans vos salons en habit habillé, ont toutes les raisons du monde d'être au mieux avec vous. Ils prient Dieu bien dévotement chaque soir et chaque matin, que votre crédit leur vienne en aide; que vous les rafraîchissiez à vos buffets chargés de glaces et de sorbets; que vous les engraissiez de vos nourritures, faisanderies et giblotes; que vous ourliez de vos jolies mains, leur jabot de cérémonie en point d'Angleterre; que leur besogne diminue à mesure que leur traitement augmente; que vous n'oubliiez pas dans vos recommandations, eux ni leur petite famille, bien pensante et gros prenant; enfin que vous ne vous montriez pas plus sévère pour eux, à l'occasion, qu'ils se proposent de l'être pour vous aujourd'hui et dans toute la suite des siècles. Il n'y a sorte de tendresse, sorte de mines et d'agaceries qu'il ne vous fassent ces beaux messieurs, et si vous n'étiez toute voilée de pudeur et de modestie, vous ne seriez pas la dernière à vous apercevoir, ma Dame, de l'effet irrésistible de vos charmes.

De tout ceci, résultent les moralités suivantes :

A savoir que si les Français sont égaux devant la charte, ils ne le sont pas devant le fisc ; qu'il n'y a rien de plus mal défendu que le trésor, lorsqu'il a l'honneur, ma Dame, dont il se passerait fort bien, de plaider contre vous ; que vous ne devriez pas posséder des biens fonds, puisque des altercations de la sorte en naissent, ni intenter de procès puisque le débat, où qu'il soit porté, n'est pas égal entre vos adversaires et vous, ni faire de dettes puisque vous avez la bonne volonté et le moyen de ne pas les payer, ni offrir des compensations de ce genre, puisqu'il n'a jamais été jusqu'ici de droit ni d'équité de compenser un avoir par un débit, un actif par un passif; que lorsqu'on est aussi grande Dame que vous l'êtes, il faut, pour se mettre à plaider, avoir dix fois raison, tandis que vous avez ici dix fois tort; que pour rétablir la foi aux engagements, la probité et la vertu, il faut prêcher d'exemple et d'en haut; que si l'on biffe, pour vous égayer, les 4 millions qui figurent à notre actif, il faudra bien les demander par addition à l'impôt, enfin que l'argent que vous détenez et retenez, n'est pas, à vrai dire, l'argent du trésor qui n'est qu'un être de raison, mais l'argent du pauvre peuple, être positif, épuisé et souffrant.

Allons, ma Dame, vous qui, au fond, avez une bonne âme, laissez-vous toucher! Allons, un petit effort! c'est dur, j'en conviens, c'est poignant, mais c'est dû.

Allons, allons, ne vous faites pas tant prier ! Vous reboucherez ce trou. Vous en avez déjà bouché bien d'autres. Je veux croire et j'admets, quoique vous soyez d'ordinaire très-avisée, que vous ne saviez pas trop ce que vous faisiez, lorsque vous nous avez lancé à la tête ces semblants de compensation, et que vous vous êtes laissée aller à de mauvais conseils. Aussi, à votre place, je jeterais feu et flamme vraiment ! Je ferais savoir cela au roi, d'après la maxime : *Ah, si le roi le savait !* Je casserais aux gages mes gens d'affaires, et même, pendant que vous seriez en train, si vous pouviez faire aussi casser les ministres ! après avoir payé toutefois. Car, voyez-vous, il faut toujours commencer par payer. C'est dur, j'en conviens, c'est poignant, mais c'est dû.

Allons, ma Dame, un petit effort ? Allons, allons, ne vous faites pas tant prier !

Et moi, si mon austère logique a pu vous ébranler, si le flambeau de la vérité, en découvrant, indiscrétement peut-être, la rougeur de votre front, a pu faire passer quelque lumière dans votre âme; si j'ai été assez heureux pour vous arrêter sur le penchant d'une injustice; si vous aimez bien les gens qui vous châtient bien; je ne vous demande pas, Dame de mes pensées, je ne demande pas qu'à votre prière, on plaque sur mon habit la grand'croix de la Légion-d'Honneur; ni qu'on m'enfourne avec les loups-cerviers, les sabreurs d'antichambre et les aristocrates décarbonarisés, dans la prochaine michée de leur noblesse historique; ni qu'on agraffe sur mes épaules l'hermine de la pairie; ni qu'on mette dans mes mains un beau portefeuille rouge de ministre avec la clé d'or pour l'ouvrir; ni même que vous me fassiez l'honneur de me prendre à votre service, en qualité de valet de pied. Je n'ai point, ma Dame, tant d'ambition. Je ne vous demande pour toute grâce, que de me faire apporter des bassins d'eau pure : je ne voudrais pas laisser de fange à mes doigts.

CATALOGUE

DES

PUBLICATIONS POPULAIRES,

INDUSTRIELLES, SCIENTIFIQUES, HISTORIQUES ET POLITIQUES.

de

PAGNERRE, ÉDITEUR,

RUE DE SEINE, 14 BIS.

— *Mai* 1838. —

BIBLIOTHÈQUE DES ARTS ET MÉTIERS,

Collection de Livres

A L'USAGE DES INDUSTRIELS, DES AGRICULTEURS, DES FABRICANTS ET DES OUVRIERS.

Plan.

Le **LIVRE** de chaque profession est divisé en *six parties :*

Première partie. — Précis historique du métier ou de l'industrie dont traite le volume.

Deuxième partie. — Biographie des hommes qui s'y sont distingués.

Troisième partie. — Guide complet, théorique, scientifique et pratique de cette industrie ou de ce métier.

Quatrième partie. — Législation qui s'y rapporte.

Cinquième partie. — Préceptes hygiéniques qui y sont applicables.

Sixième partie. — Catalogue des ouvrages qui en ont traité.

Rédaction.

PARTIES HISTORIQUE, BIOGRAPHIQUE et **PROFESSIONNELLE**; par des écrivains spéciaux et par les hommes les plus compétents de chaque profession.

PARTIE DE LEGISLATION; par un Avocat du Barreau de Paris.

Exécution matérielle.

La **BIBLIOTHEQUE DES ARTS ET METIERS** formera environ 100 volumes : un **LIVRE** pour chaque profession.

Imprimés en caractères neufs sur très-beau papier, ces livres sont accompagnés de planches et figures gravées avec soin.

Chaque volume, contenant de 200 à 400 pages, se vend séparément 1 fr. 50, 2 fr. ou 2 fr. 50.

LES VOLUMES SUIVANTS SONT EN VENTE.

Arts Agricoles.

Les six ouvrages qui suivent forment une Encyclopédie *complète de la science agricole.*

LIVRE DU CULTIVATEUR, *Guide complet de la Culture des champs*, contenant un Précis historique de l'agriculture; une Biographie des plus célèbres agriculteurs; un Traité complet, théorique et pratique de la culture rurale, et un extrait de la Législation qui s'y rapporte, suivi de l'*Hygiène du Cultivateur*. 1 vol. de 330 pages, avec 23 figures d'instruments aratoires. 2 fr.

LIVRE DU PROPRIÉTAIRE ET DE L'ELEVEUR D'ANIMAUX DOMESTIQUES, contenant un Précis historique et biographique; un Guide complet, théorique, scientifique et pratique de l'élève, de l'éducation et de l'entretien de tous les animaux domestiques : le cheval, l'âne, le mulet, le bœuf, la vache, le veau, le mouton, le porc, le lapin, le chien, le chat et tous les oiseaux de basse-cour; un Traité de la législation qui s'y rapporte, suivi de l'*Hygiène de l'Eleveur*. 1 vol. de 360 pages, avec 56 figures. 2 fr. 50

LIVRE DU VIGNERON ET DU FABRICANT DE CIDRE, *poiré, cormé et autres vins de fruits*, contenant le Précis historique de la vigne et de son produit, du cidre, etc.; un Précis biographique; un Traité complet, théorique, scientifique et pratique de vins; un Traité de la législation qui s'y rapporte, suivi de l'*Hygiène du Vigneron*. 1 vol. de 250 pages, avec 21 figures. 2 fr.

LIVRE DU FORESTIER, *Guide complet de la culture et de l'exploitation des bois, et de la fabrication des charbons et des résines*, contenant un Précis historique de la science forestière; une Biographie des hommes qui s'y sont distingués; un Traité complet de la culture et de l'exploitation des bois et de la législation qui s'y rapporte, suivi de l'*Hygiène du Forestier*. 1 vol. de 320 pages, avec 19 figures. 2 fr.

LIVRE DU JARDINIER, *Guide complet de la culture des jardins fruitiers, potagers et d'agrément*, contenant un Précis historique et biographique; un Traité complet de l'établissement, de la culture et de l'entretien des jardins d'utilité, fruitiers, potagers, ainsi que des jardins d'agrément, français et anglais; une description de toutes les espèces, variétés et sous-variétés d'arbres fruitiers, plantes potagères, arbres, arbustes, fleurs d'agrément, enfin l'indication des meilleurs moyens de conserver les fruits, par le même, suivi de l'*Hygiène du Jardinier*. 2 vol. de 600 pages, avec figures. 4 fr.

LIVRE DE L'ECONOMIE ET DE L'ADMINISTRATION RURALE, *Guide complet du fermier et de la ménagère*, contenant un Traité sur le LAIT, la fabrication du BEURRE et toutes les espèces de FROMAGES; des Notions étendues sur la conservation des *Laines*, *Poils*, *Crins*, *Plumes* et sur les préparations que ces matières doivent subir pour acquérir toute leur valeur; sur la conservation des VIANDES, par le *salage*, *fumage* et la méthode d'*Appert*; sur le parti que le cultivateur peut tirer des animaux morts; sur les meilleurs moyens d'obtenir la *filasse* du LIN et du CHANVRE; sur l'éducation des ABEILLES; enfin, un Guide complet de l'entrepreneur et de l'administrateur de biens ruraux, accompagné de nombreux modèles d'actes et des règles de la Jurisprudence, par le même, suivi de Préceptes hygiéniques. 1 vol. de 330 pages, avec 49 figures. 2 fr. 50

Encyclopédie agricole.

Composée des 6 ouvrages précédents. 7 volumes in-18, grand raisin, contenant la matière de 10 gros volumes in-8 ordinaires. Prix: 15 fr.

Ces 6 volumes, qui ont déjà reçu les encouragements de plusieurs Sociétés agronomiques et Comices agricoles, sont dus à M. Mauny de Mornay, savant agriculteur, qui joint à une longue expérience de la pratique une connaissance approfondie de la théorie. Ils forme unent véritable encyclopédie agricole, riche de faits et d'observations, et mise à la portée de tous par la clarté de sa rédaction comme par la modicité de son prix.

Arts du bâtiment.

LIVRE DU TOISEUR - VÉRIFICATEUR, *Guide complet du Toisé de tous les ouvrages de bâtiment, suivant les anciennes et les nouvelles mesures*, contenant les meilleures méthodes pour le toisé des travaux de terrasse, maçonnerie, charpente, couverture, menuiserie, serrurerie, carrelage, plomberie et zinc, marbrerie, sculpture, stuc et pavé vénitien, poèlerie, fumisterie, peinture, vitrerie, tenture, dorure, pavage, grillage, treillage et vidànge, par M. A. Digeon, *toiseur-vérificateur*, suivi de l'*Hygiène du Toiseur*. 1 vol. de 330 pages, avec 54 figures. 2 fr.

La seconde partie de cet ouvrage, qui contient tout ce qui a rapport à la *Comptabilité du bâtiment*, est sous presse, ainsi que les **LIVRES** du *Menuisier*, du *Charpentier*, du *Maçon*, du *Peintre*, du *Poëlier-Fumiste*, du *Serrurier*, etc.

Arts industriels.

LIVRE DU FABRICANT DE SUCRE ET DU RAFFINEUR, contenant un Précis historique sur le sucre; une Biographie des hommes qui ont aidé à la propagation ou au perfectionnement de cette industrie; un Traité complet de la fabrication des différentes variétés de ce sel; un Traité du raffinage, etde la fabrication du noir animal, enfin un extrait de la législation qui se rapporte au sucre, par M. MAUNY DE MORNAY, suivi de l'*Hygiène du Fabricant et du Raffineur du sucre*. 1 vol. de 330 pages, 56 figures de machines et d'appareils. 2 fr. 50

LIVRE DU BRASSEUR, *Guide complet de la fabrication de la bière*, contenant un précis historique sur la bière; un Traité complet, théorique, scientifique et pratique de la fabrication de toutes les bières françaises et étrangères; des instructions pour faire la bière chez soi; un extrait de la législation sur la bière, par M. DELESCHAMPS, chimiste-manufacturier, membre de la Société d'encouragement et de plusieurs Sociétés savantes françaises et étrangères; suivi de l'*Hygiène du Brasseur*. 1 vol. de 180 pages. 1 f. 50

LIVRE DES LOGEURS ET TRAITEURS, *Code complet des Aubergistes, Maîtres d'hôtel, Teneurs d'hôtel garni, Logeurs, Traiteurs, Restaurateurs, Marchands de vin*, etc., contenant l'historique des maisons où l'on donne à manger et à boire; la Législation, la Jurisprudence et les règles de police relatives à ces établissements dans leurs différents rapports avec l'autorité, les voyageurs et les consommateurs; les Dispositions législatives et réglementaires sur les poids et mesures, suivis d'un Traité complet sur la *Législation des boissons*, droits de circulation, octrois et impôts de consommation. 1 vol. de 210 pages. 1 fr. 50

LIVRE DU TAILLEUR, *Guide complet du tracé, de la coupe et de la façon des vêtements*, contenant un Précis historique de l'art du tailleur; une Biographie des hommes qui s'y sont distingués; un Traité complet théorique, pratique, et d'après les règles géométriques, du tracé, de la coupe et de la confection de tous les vêtements civils et militaires, par M. Augustin CANNEVA, tailleur à Paris, suivi de l'*Hygiène du Tailleur.* 1 vol. avec 54 figures. 1 fr.50 c.

SOUS PRESSE. — LIVRES du *Bijoutier-Joaillier*, du *Ferblantier-Lampiste*, du *Pharmacien*, des *Transports par terre et par eau*, du *Teinturier*, etc.

AVANTAGES DE CES LIVRES SUR LES MANUELS.

Les ouvrages connus sous le nom de **MANUELS** ne traitent exclusivement que de la partie professionnelle de l'art. — Chacun de ces **LIVRES** est une *Encyclopédie complète* de toutes les connaissances nécessaires à l'ouvrier comme à celui qui l'occupe.

Les **MANUELS** manquent généralement de précision, de clarté, de méthode : ce ne sont, pour la plupart, que des assemblages de matériaux accumulés sans discernement, ou bien des compilations indigestes où la partie scientifique est souvent arriérée d'un quart de siècle. — Le concours des spécialités les plus compétentes et les plus distinguées, travaillant sur un plan discuté à l'avance, garantit à nos **LIVRES** une rédaction en rapport avec les progrès de la science, et parfaitement appropriée à chaque sujet.

Les **MANUELS** se vendent 2 fr. 50, 3 fr. et 3 fr. 50 le volume. — Nos **LIVRES**, imprimés avec plus de soin, sur plus beau papier et dans un format plus convenable, ne se vendent que : 1 fr. 50, 2 fr. et 2 fr. 50, c'est-à-dire un tiers meilleur marché.

NOTA. Pour recevoir *franco* par la poste, il faut ajouter 50 cent. au prix de chaque volume.

Les Editeurs de la Bibliothèque des Arts et Métiers voulant tenir le Livre de chaque profession au courant de la science et des progrès de l'industrie, invitent les personnes qui auraient des erreurs à signaler ou des faits utiles à faire connaître à en donner communication à M. PAGNERRE, *Directeur de la Bibliothèque des Arts et Métiers.*

TRAITEMENT DU CANCER, exposé complet de la Méthode du Docteur CANQUOIN, excluant toute opération chirurgicale. 1 vol. in 8. 3 fr.

PARIS RÉVOLUTIONNAIRE, par MM. Altaroche, Arago, Cavaignac, Cormenin, F. Degeorge, Fontan, Hauréau, Laponneraye, A. Luchet, A. Marrast, F. Piat, Raspail, Trélat, etc., etc., *nouvelle publication*. 4 beaux et forts vol. in-8. — L'ouvrage complet. 9 fr.

Pour donner plus de facilité aux souscripteurs, nous avons divisé la nouvelle publication de *Paris révolutionnaire* en 8 livraisons qui paraîtront successivement, une par semaine. La livraison. 1 fr. 25

L'ouvrage étant entièrement terminé, on peut retirer une ou plusieurs livraisons à la fois. Ceux qui prennent l'ouvrage entier en une seule fois ne le payent que 9 fr.

ESSAI SUR L'ORGANISATION DÉMOCRATIQUE DE LA FRANCE, avec cette épigraphe : *la République est un problème à résoudre ;* par Auguste BILLIARD. 1 fort vol. in-8. 7 fr.

L'HÉLÉNEIDE, épithalame en 4 chants et en vers, à l'usage des princes qui se marient, par F. FABRE, phocéen, auteur de la *Némésis médicale*. 1 vol. in-8. 1 fr. 50

DIALOGUE SUR LES CAISSES D'ÉPARGNES, par par M. CORMENIN, député. 8 pages in-8. 1 sou.

LES CAISSES D'ÉPARGNES, par M. de LAMARTINE, député. 8 pages in-8. 1 sou.

Plusieurs caisses d'épargnes des départements, qui ont fait distribuer à grand nombre ces deux écrits populaires, en ont obtenu d'excellents résultats.

Prix pour les caisses d'épargnes : 1,000 exemplaires des deux écrits, 500 de chaque, 25 fr. — 2,000, 48 fr. — 3,000, 70 fr. — 5,000, 110 fr. — Et 10,000, 200 fr. — On peut demander indistinctement l'un ou l'autre écrit.

LES CLASSES OUVRIÈRES. Moyens d'améliorer leur sort sous le rapport du bien-être matériel et du perfectionnement moral ; par Emile BÈRES. Ouvrage couronné par l'Académie française (prix Monthyon). 1 vol. in-8. 3 fr

POLITIQUE.

Publications populaires.

M. Cormenin.

LETTRES SUR LA LISTE CIVILE ET SUR L'APANAGE, suivies d'*Un Mot* sur le pamphlet de police intitulé la *Liste civile dévoilée*, et du *Conclusum* (3e pamphlet sur l'apanage). 22e édition; augmentée des *Lettres à Casimir-Périer et à M. de Schonen*. 1 joli vol. in-32, sur papier fin satiné et orné du portrait de M. CORMENIN. 1 fr. 25

Cette nouvelle édition, plus complète que les précédentes, contient tout ce que l'auteur a écrit sur la liste civile et l'apanage.

On vend séparément, pour compléter les éditions antérieures, le **MOT** et le **CONCLUSUM**. 25 c.

ÉTUDES SUR LES ORATEURS PARLEMENTAIRES, par TIMON (M. Cormenin); 7e édition, augmentée de l'article *Timon se riant de l'Aréopage*. 1 fort vol. in-32, sur papier jésus vélin, orné de 8 portraits lithographiés. 2 fr.

Les mêmes, sans portraits. 1 fr. 25 c.

Ce livre, dont les 5 premières éditions ont été enlevées en moins de trois mois, contient : 1° les *Portraits en pied* des 20 premiers Orateurs de la Chambre des députés; 2° les *Portraits en buste* de plus de 60 Orateurs du second ordre; 3° des Considérations sur les principes, les mœurs et les préceptes de l'éloquence parlementaire; 4° l'*Etude sur Timon*, par CHAPUYS-MONTLAVILLE.

DIALOGUES DE MAITRE PIERRE, seconde édition; 2 vol. in-18, grand raisin. 75 c.

Les *Dialogues Politiques* se vendent séparément.

DIALOGUES POLITIQUES. — 1. La souveraineté du peuple. — 2. Le congrès national. — 3. Le gouvernement du pays par le pays. — 4. Une scène avant les élections. — 5. Une scène après les élections. — 6. Une séance de a chambre des députés. In-18 de 72 pages 20 fr. le cent. L'ex. : 25 c.

LE MAITRE D'ÉCOLE. 16 pages in-32 vélin, avec deux jolies vignettes. 3 fr. le cent. L'ex. : 5 c.

TROIS LETTRES sur la *Charte* et sur la *Pairie*, publiées en 1831. In-16 oblong. 50 c.

PORTRAIT DE M. CORMENIN, lithographié par JULIEN. In-4, papier de Chine. 75 c.
Papier ord. 25 c.

Sous presse pour paraître le 10 *mai.*

TRÈS HUMBLES REMONTRANCES *de Timon* au sujet d'une compensation d'un nouveau genre que la liste civile prétend établir entre quatre millions qu'elle doit au trésor et quatre millions que le trésor ne lui doit pas, avec cette épigraphe. *Rendez-moi mes lapins, rendez-moi mes lapins!* In-32. 50 c.

M. Lamennais.

LIVRE DU PEUPLE. 1 joli vol. in-32, sur jésus vélin, 5e édition populaire, 200 pages. 1 fr. 25

PAROLES D'UN CROYANT; nouvelle édition populaire, tirée à 15,000 exemplaires. 75 c.

LES MÊMES, belle édition in-8. 2 fr. 50

DE LA SERVITUDE VOLONTAIRE. In-8. 1 fr. 50

On trouve chez le même éditeur tous les autres ouvrages de M. Lamennais.

M. Cabet.

RÉVOLUTION DE 1830 ET SITUATION PRÉSENTE, expliquées et éclairées par les révolutions de 1789, 1792, 1799 et 1804, et par la restauration. 2 vol. in-12, avec couvertures imprimées. — Les 2 volumes : 1 fr. 20

même édition, 1 beau vol. in-8, papier fin. 3 fr.

Trois éditions successives, tirées ensemble à plus de 20,000 exemplaires, constatent l'immense succès obtenu par cet ouvrage, le plus riche en faits et en documents, le seul complet qui ait été écrit sur la révolution de 1830 et les quatre premières années du règne de Louis-Philippe.

PROCÈS DE M. CABET devant la Cour d'assises, 6 brochures in-8. 1 fr. 50

Ces 6 brochures comprennent tous les faits relatifs au procès subi par M. Cabet, à l'occasion de la publication de son ouvrage, la *Révolution de* 1830.

PROCÈS DE M. CABET, DIRECTEUR DU POPULAIRE,—discours à la Chambre des députés, débats et condamnation à la Cour d'assises, 2 br. in-8. 50 c.

Ce procès est celui où le courageux directeur du *Populaire* fut condamné à 2 *ans de prison*, 4,400 *francs d'amende* et à *l'interdiction pendant 4 ans des droits civils et politiques.*

PROCÈS DU PATRIOTE DE LA COTE-D'OR. 25 c.

JUSTICE D'AVRIL, lettre à M. Guizot (écrite de Londres, en 1835). In-8. 25 c.

M. Altaroche.

CONTES, DIALOGUES ET MÉLANGES DÉMOCRATIQUES. 1 joli vol. in-32, sur jésus-vélin. 2e édition in-32,. 1 fr. 25

Cet ouvrage, dû au talent, déjà si remarquable, du jeune rédacteur en chef du *Charivari*, est la première livraison d'une série de contes sur les plus importantes questions économiques, politiques et sociales. La 1re édition a été vendue en moins de deux mois.

CHANSONS POLITIQUES (nouvelles), 1 joli vol. sur jésus-vélin. 1 fr. 25

Le 1er volume, qui était rapidement parvenu à sa seconde édition, est épuisé, et ne peut être réimprimé une troisième fois sous le régime de la législation de septembre.

Général Soltyk.

LA POLOGNE; Précis historique, politique et militaire de sa révolution, précédé d'une esquisse de l'histoire de Pologne, depuis sa fondation jusqu'en 1830, par ROMAN SOLTYK, membre de la diète, général de brigade d'artillerie. 2 vol. in-8, accompagnés de 4 cartes et de 4 portraits. 16 fr.

Cet ouvrage est, jusqu'à ce jour, le plus exact et le plus

complet qui ait été publié en France sur la révolution de Pologne.

Société Aide-toi, le Ciel t'aidera.

COMPTES RENDUS DES SESSIONS LÉGISLATIVES, publiés par la Société *Aide-toi, le Ciel t'aidera.* Sessions de 1831, 1832, 1833 et 1834. — 4 vol. in-8. 10 fr.

Chaque volume se vend séparément. 2 fr. 50

BIOGRAPHIE DES DÉPUTÉS, session de 1831. 1 vol. in-8. 2 fr. 50

LES HOMMES DU MOUVEMENT ET LES HOMMES DE LA RÉSISTANCE, biographie des députés de la chambre de 1830. 1 vol. in-18. 2 fr.

LETTRE D'UN ANCIEN SÉNATEUR A TIMON; la *Presse et le Parlement*. In-32. 50 c.

ÉTUDE SUR TIMON; par M. CHAPUYS-MONTLAVILLE, député. In-32. 25 c.

Cette étude sur notre grand peintre peut se joindre à toutes les éditions in-32 des *Orateurs parlementaires*.

LES RÉPUBLICAINES, chansons populaires des révolutions de 1789, 1792 et 1830. 1 vol. in-18, 2e édition. 30 c.

CHANSONS POPULAIRES de l'*Egalité* et de la *Liberté*. 3 cahiers in-32. Le cent de cahiers, 2 fr. — Les 3 cahiers réunis. 10 c.

PUBLICATIONS A 10 ET A 5 CENTIMES,

7 fr. et 3 fr. 50 le cent.

DISCOURS DE RASPAIL devant la cour d'assises. In-8. 10 c.

DISCOURS DE TRÉLAT devant la cour des Pairs. In-8. 10 c.

DISCOURS DE LAGRANGE devant la cour des Pairs. In-8. 10 c.

DISCOURS DE REVERCHON devant la cour des Pairs. 10 c.

RÉPONSE AUX ENNEMIS DU PEUPLE, par Ch. PIMPANNEAU. In-8. 10 c.

LA JUSTICE DU PEUPLE, par DEMOLIÈRE. In-8. 10 c.

LA SOUVERAINETÉ DU PEUPLE, le Congrès national et la République, trois dialogues de Maître Pierre. In-8. 5 c.

ILLÉGALITÉS, outrages du ministre de la guerre contre les officiers d'artillerie de l'armée française (1834). 5 c.

EXTRAITS DES PAMPHLETS DE LA POLICE (1834). In-8. 5 c.

LES CAISSES D'ÉPARGNES, par M. CORMENIN. In-8. 5 c.

DÉMISSION motivée de Dupont de l'Eure. In-8. 5 c.

RÉPONSE D'UN RÉPUBLICAIN aux calomnies des pamphlétaires de la police. In-8. 5 c.

SYMPATHIES DU PEUPLE pour les Polonais. In-8. 5 c.

DISCOURS DE BEAUNE devant la cour des Pairs. 5 c.

HISTOIRE *populaire de la session de* 1834, adresse et discours prononcés pendant la discussion. 52 pages in-8. 15 c.

C'est la discussion qui a précédé les *événements d'avril* 1834

LA RÉPUBLIQUE DU POPULAIRE. In-8 de 20 pages. 50 c.

CONSTITUTION BELGE. In-18. 25 c.

Procès politiques.

PROCÈS DES ACCUSÉS D'AVRIL devant la Cour

des Pairs. — **PROCÈS DU RÉFORMATEUR** devant la Chambre des Députés. — **PROCÈS DES DÉFENSEURS DES ACCUSÉS D'AVRIL** devant la Chambre des Pairs. 10 fr.

Cette publication, entièrement terminée, est la seule qui présente la réunion complète de tous les actes, documents et faits relatifs au procès d'avril. Elle forme 5 beaux volumes in-8, papier fin satiné.

PROCÈS FIESCHI devant la Cour des Pairs. 3 beaux volumes in-8, avec un plan de la Chambre des Pairs. 6 fr.

La relation du *Procès Fieschi* contient : *Faits préliminaires*, le rapport de M. Portalis, l'acte d'accusation ; le compte-rendu très-exact et très-étendu des débats ; les détails sur l'exécution des condamnés, et enfin tout ce qui est relatif à ce procès.

PROCÈS DES ACCUSÉS DU COMPLOT DE NEUILLY devant la Cour d'assises. 1 vol. in-8. 1 fr. 50

PROCÈS D'ALIBAUD devant la Cour des Pairs. In-8. 1 fr. 50

PROCÈS DES VINGT-SEPT (ou de la Société des Droits de l'homme et de l'Ecole polytechnique). 1 vol. In-8. 1 fr. 50

PROCÈS DES 19 PATRIOTES (ou des Artilleurs). In-8. 2 fr.

PROCÈS ET PRISON. — Impression de Sainte-Pélagie, par H. DAVID DE THIAIS. In-8. 1 fr.

PROCÈS DU COUP DE PISTOLET (affaire Bergeron). In-8. 75 c.

PROCÈS DU DROIT D'ASSOCIATION (ou de la *Société des Amis du Peuple*). In-8. 75 c.

POURSUITES contre M. Cabet. 50 c.

PROCÈS DE PROSPERT; in-8. 50 c.

PROCÈS DU NATIONAL devant la Chambre des Pairs. 40 c.

PROCÈS DU PROPAGATEUR DU PAS-DE-CALAIS. 50 pages in-8. 25 c.

PROCÈS DU PATRIOTE DE LA COTE-D'OR. 40 pages in-8. 25 c.

DEUXIÈME PROCÈS A L'HISTOIRE (affaire de la *Tribune*). 25 c.

LETTRE D'UN DÉFENSEUR aux accusés d'avril, par M. SAINT-ROMME. 25 c.

PROCÈS DE M. DUPOTY, rédacteur du *Réformateur*. In-8. 20 c.

PROCÈS de Vignerte et Pagnerre. In-8. 15 c.

RÉSUMÉ DU PROCÈS DES 27. In-8. 15 c.

PROCÈS DU PATRIOTE DE L'ALLIER; discours d'Achille Roche et Trélat. In-12. 10 c.

PROCÈS DE DELENTE (ou des Crieurs publics). In-8. 10 c.

PROCÈS DE LA GLANEUSE (ou le *Petit Poucet* et *Gros gras et bête*). In-8. 5 c.

Sous presse pour paraître le 10 *mai.*

PROCÈS ET ACQUITTEMENT DU NATIONAL, poursuivi pour avoir défendu l'égalité, les droits de l'armée, la loi, contre le privilége et le régime des ordonnances; contenant l'article incriminé, les débats, le réquisitoire, la plaidoirie et la réplique de Me *Michel* (*de Bourges*), député de Niort; in-8. 50 cent.

LA COLLECTION COMPLÈTE de tous ces procès, formant 12 forts volumes in-8. 25 fr.

Almanachs.

LE TRIPLE LIÉGEOIS
ou le Nouveau Mathieu Laensberg.

LE TRIPLE LIÉGEOIS est destiné à remplacer les almanachs qui, sous les noms de *Mathieu Laensberg*, *Nostradamus*, *Messager Boiteux*, etc., répandent chaque année, parmi les classes laborieuses, une foule de mensonges éhontés, de grossières erreurs, de prédictions absurdes et d'anecdotes où la niaiserie le dispute à l'immoralité. Pour atteindre ce but, nous avons dû conserver au **TRIPLE LIEGEOIS** le titre, le format, la couverture et le prix des vieux almanachs, mais nous avons substitué, aux déplorables enseignements qu'ils renferment, des notions utiles et à la portée de toutes les intelligences, sur l'*astronomie*, l'*agriculture*, le *jardinage*, l'*hygiène*, la *médecine*, l'*histoire*, la *géographie*, la *statistique*, l'*économie domestique*, etc., etc.; en un mot, **LE TRIPLE LIEGEOIS** est, chaque année, tout à-la-fois une petite encyclopédie des sciences et de l'histoire, et un recueil intéressant d'enseignements utiles et de choses amusantes.

LE TRIPLE LIÉGEOIS, imprimé avec soin, orné de jolies vignettes, qui contient 100,000 *lettres de plus* que les plus gros almanachs, compte déjà deux ans d'existence et jouit d'une grande popularité. Il paraît chaque année au commencement de septembre.

Prix 6 **SOUS**; 100 exemplaires, 20 fr.; 250, 48 fr.; 500, 95 fr.; 1,000, 185 fr.; 2,000, 360 fr. ou 18 centimes l'exemplaire.

Ceux qui prennent 500 ont droit de faire mettre leur nom et leur adresse sur la couverture.

LE NOUVEAU DOUBLE LIÉGEOIS, contenant 250,000 lettres. Prix : 5 sous; 15 fr. le cent

LE DOUBLE FRANÇAIS, ou le Nouveau Nostradamus, 200,000 lettres. Prix : 4 sous; 12 fr. le cen

LE VILLAGEOIS, almanach de l'agriculture et d[es] campagnes, 200,000 lettres. Prix. 4 sous ; 12 f. le cen[t].

PETIT LIÉGEOIS. Prix : 2 sous ; 6 fr. 50 c. le ce[nt].

L'ALMANACH UNIVERSEL, contenant 400,000 le[t]tres. Prix : 8 sous ; 25 fr. le cen[t].

NOTA. Tous ces almanachs sont complètement étrangers à [la] politique ; leur but, plus modeste, est, comme nous l'avons dé[jà] dit, de contribuer à répandre les connaissances d'une utili[té] pratique et à détruire les préjugés et les erreurs qui ont dé[jà] causé tant de maux et qui opposent encore de si puissants ob[s]tacles aux progrès de la civilisation ; mais nous publions, d[e]puis CINQ ANNÉES, *l'Almanach populaire*, qui est exclusiv[e]ment politique et jouit d'une immense vogue.

ALMANACH POPULAIRE

de la France.

Tous les hommes qui se sont voués à la défense de[s] droits et des intérêts du peuple s'empressent chaqu[e] année de concourir à la rédaction de l'**ALMANACH POPULAIRE**, qui devient ainsi le catéchisme annuel de la démocratie.

Nommer, parmi les rédacteurs habituels de l'**ALMANACH POPULAIRE**, MM. Altaroche, Arago, Béranger, Berthaud, Cabet, Cormenin, Chapuys-Montlaville, Dupont, Dupoty, F. Degeorge, E. Degouves-Denuncque, Garnier-Pagès, Ch. Ledru, Lamennais, Maillefer, Marrast, Michel, Trélat, etc., etc., c'est se dispenser de tout autre éloge.

1 vol. in-12 carré, de 144 pages, orné d'un grand nombre de jolies vignettes.

Prix : 10 sous ; 12 exemplaires, 5 fr. ; 100, 35 fr.

Imprimerie de Mme Porthmann, 8, rue du Hasard-Richelieu.